DU

SCHERLIEVO DE FIUME

EN ILLYRIE

PAR

M. BARTH

Président de l'Académie de médecine

« Labes quâ sœvior usquam
nulla fuit. » (FRACASTOR.)

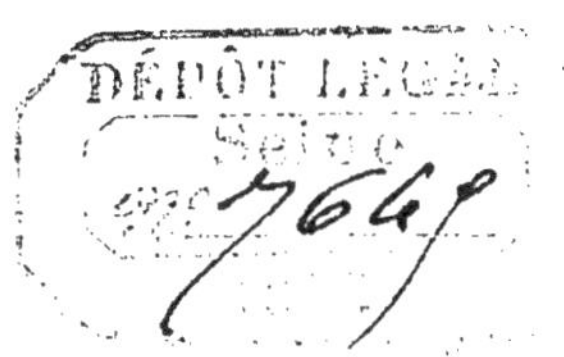

PARIS

LIBRAIRIE DE G. MASSON

LIBRAIRE DE L'ACADÉMIE DE MÉDECINE

PLACE DE L'ÉCOLE-DE-MÉDECINE

1872

DU

SCHERLIEVO DE FIUME

EN ILLYRIE

Parmi les maladies étranges mentionnées dans l'histoire de la médecine, comme propres à certaines localités, il en est plusieurs caractérisées principalement par de vastes ulcères rongeant la face et diverses parties du corps, et laissant à leur suite de hideuses cicatrices.

Les unes, comme le *mal de Brunn*, qui se montra au XVI° siècle en Moravie (1), le *pian de Nérac*, qui sévit dans cette ville en 1752 (2), ont aujourd'hui entièrement disparu.

D'autres, d'une origine plus ou moins ancienne, exercent encore leurs ravages dans certaines contrées de l'Europe ; telles sont la *falcadine* apparue en 1786, dans la province de Bellune (3) ; le *sibbens* d'Écosse retracé par Jean Bell (4); la *raddesyge* de Norvége, décrite par Bocker d'Upsal et Arboë de Copenhague (5).

Telle est aussi le *scherlievo* (6) des environs de Fiume, qui présente beaucoup d'analogie avec les précédentes maladies et qu'il m'a été donné d'observer dans la contrée où il a pris naissance.

Fiume, en Illyrie, est un port situé au fond du golfe oriental de l'Adriatique, sur les confins de l'Istrie au nord-ouest, de la Hongrie à l'orient, et de la Dalmatie au sud. Bâtie au bord de la mer sur la rive droite de la Fiumara, petite rivière torrentielle, la ville qui compte 10 à 12000 habitants est assez prospère, grâce à son port, centre du commerce maritime du sud-est de l'Autriche et à quelques fabriques

(1) Ozanam, *Histoire médicale des maladies épidémiques*. Paris, 1835, t. IV, p. 269. — (2) *Ibid.*, p. 293. — (3) *Ibid.*, p. 286. — (4) *Ibid.*, p. 276. — (5) *Ibid.*, p. 260. — (6) Prononcez *skerlievo*.

dont la plus importante est la papeterie de MM. Smith et Meynier qui occupe plus de 300 ouvriers et exporte ses produits dans presque toutes les contrées de l'Europe.

Elle est bornée au nord-est et à l'est par plusieurs collines dont la plus élevée, appelée Tersato, est surmontée d'une église annuellement visitée par de nombreux pèlerins et qui possède une madone attribuée par la légende au pinceau de saint Luc, et d'un château fort, en partie ruiné, appartenant au comte Nugent, et où l'on voit, entre autres débris curieux, la colonne érigée par Bonaparte sur le champ de bataille de Marengo.

Au delà s'étendent, à l'est et au nord comme au sud, une succession de monts abrupts, jadis couverts de forêts, aujourd'hui pour la plupart rocailleux, nus et entièrement dépouillés de terre végétale, séparés les uns des autres par des ravins et des cours d'eau souvent desséchés pendant l'été et qui, par l'effet des pluies, se changent en torrents dévastateurs ; çà et là se cachent quelques vallées étroites dont la culture est insuffisante pour la nourriture des habitants. Sur cette terre aride, où soufflent tour à tour deux vents d'une extrême violence, le sirocco et la bora, sont disséminés quelques rares villages composés de cabanes de bois et de terre et habités par des campagnards pauvres, manquant souvent d'eau pendant l'été, privés de moyens de chauffage pendant l'hiver, et vêtus de grossiers habillements de laine qu'ils ne changent jamais.

C'est dans cette contrée misérable que, vers la fin du siècle dernier, apparut une maladie d'une espèce inconnue, caractérisée dans ses manifestations les plus apparentes par de vastes ulcères rongeant le nez et la face, et que le docteur Cambieri, de Fiume, appela *scherlievo* (1), du nom du village où elle paraît avoir pris naissance.

Importée, selon la chronique la plus accréditée, par des déserteurs d'une armée autrichienne rassemblée sur les bords

(1) Cambieri, *Storia della malattia di scherlievo.*

du Danube, cette maladie ne tarda pas à se répandre dans les pays environnants.

Prévenu de ses ravages au mois de juin 1800, le gouvernement fit procéder à des recherches statistiques qui signalaient un nombre de 2600 malades. Dès l'année suivante, une commission envoyée de Pesth en constatait 3000. Par ses soins un hôpital de 200 lits fut immédiatement établi à Fiume pour les cas les plus graves, tandis que les autres étaient traités à domicile. Sous l'influence de préparations mercurielles, un grand nombre de malades furent guéris, et après onze mois de traitement l'hôpital put être fermé (de Moulon, p. 8) (1).

Mais bientôt le mal reprit une nouvelle intensité, et la guerre mettant obstacle à l'application de mesures sanitaires efficaces, les cas se multiplièrent rapidement. Au retour de la paix, une nouvelle exploration ayant fait constater plus de 4000 malades, on leur rouvrit l'hôpital de Fiume ; un autre fut construit pour eux dans le voisinage, et, un peu plus tard, un troisième établissement leur fut consacré à Trieste.

A partir de ce moment le nombre des scherliévitiques a graduellement diminué ; mais la maladie n'a point disparu et elle s'est maintenue jusqu'à ce jour avec des variations tantôt croissantes, tantôt décroissantes, selon l'observation plus ou moins rigoureuse des prescriptions sanitaires.

A mon arrivée dans le pays, septembre 1859, mû par le désir de voir de près le scherlievo, je me rendis à l'hôpital civil de Fiume ; mais il n'y avait pas alors un seul scherliévitique dans cet établissement, et depuis un certain nombre d'années ils étaient tous réunis à l'hôpital de Porto-Ré.

C'est donc là qu'il fallait diriger mes pas.

Deux voies conduisent de Fiume à Porto-Ré, l'une par mer, la plus directe et la plus courte, ne demande qu'une traversée de deux heures ; l'autre, par terre, y mène après

<hr>

(1) Amédée de Moulon, *Nouvelles observations sur la nature et le traitement du scherlievo*. Milan, 1834.

quatre heures de route, à travers les villages qui sont le berceau et le domaine du scherlievo.

C'est cette dernière que je choisis de préférence, et, par
une belle matinée de septembre, je partis muni d'une lettre
de M. le docteur Fabris, l'un des praticiens les plus distingués de Fiume.

En sortant de la ville, on suit d'abord le bord de la mer
dans la direction du sud, puis on entre dans les terres en passant par les gorges qui séparent les collines arides que nous
avons décrites plus haut. Après deux heures de marche, on
laisse à gauche le village de Scherlievo et bientôt après on
descend à Boucari, petite ville bâtie en amphithéâtre à l'entrée d'une vaste baie ne communiquant à la mer que par un
chenal étroit et ayant l'apparence d'un beau lac de 4 à
5 kilomètres de long, sur un kilomètre et demi de large,
dont les eaux tranquilles alors comme une glace n'étaient
agitées que par des bandes de thons, se jouant dans l'onde
et traçant leurs évolutions circulaires sans se douter de la
présence d'un observateur qui, perché sur le haut d'une
échelle se dressant obliquement du fond de l'eau, donne
aux pêcheurs le signal favorable pour la levée des filets.

De là on suit le bord oriental de la baie, puis on contourne son fond et l'on remonte sur le promontoire qui
borne au sud-est la passe étroite par laquelle ce lac communique avec la pleine mer.

C'est sur cet avancement et non loin du rivage qu'est situé
l'hôpital de Porto-Ré.

Cet établissement figure un vaste édifice carré dont les angles sont bâtis en forme de tours saillantes, et se compose
ainsi de quatre ailes ayant chacune un rez-de-chaussée et un
premier étage avec galerie sur une cour quadrilatère intérieure.

C'est au premier étage et dans une suite de salles plus ou
moins spacieuses que sont distribués les lits destinés aux
individus des deux sexes atteints du scherlievo.

Au moment de notre visite, l'hôpital contenait 33 malades

seulement. Mais ce chiffre ne donne pas une idée exacte de la fréquence actuelle du scherlievo. Il y a peu d'années encore les salles étaient remplies, sans que pour cela les cas de maladie fussent plus nombreux : ces variations dans le chiffre de la population nosocomiale dépendent surtout de la reprise ou de l'abandon des mesures sanitaires prescrivant la recherche des malades et leur traitement obligatoire dans les hôpitaux. Lorsque les visites domiciliaires étaient mises en pratique, on recevait annuellement à Porto-Ré une moyenne de cinq à six cents scherliévitiques; et quand ces visites, auxquelles les individus contaminés cherchent d'ailleurs à se soustraire, étaient momentanément négligées, les cas de maladie semblaient diminuer et le nombre des admissions descendait à une centaine par an.

Quelque réduit que fût alors le chiffre des malades, ils présentaient cependant des spécimens assez nombreux et assez variés pour donner une idée suffisante de cette cruelle affection ; et voici les principales manifestations morbides du scherlievo que nous avons pu observer, tantôt isolées, tantôt réunies en nombre variable chez le même individu. Sur la peau : des ulcères larges et profonds, à bords élevés, taillés à pic, ayant leur siége chez un malade sur l'épaule, chez un autre sur le genou, chez d'autres sur les jambes, occupant chez plusieurs le visage, et rongeant le nez, les paupières et d'autres parties de la face ; de vastes cicatrices avec perte de substance et brides difformes, donnant surtout à la figure un aspect hideux et repoussant.

Sur le système muqueux : ici des érosions profondes à l'entrée des narines, des ulcères dans les fosses nasales avec émanations fétides ; là de larges destructions de la luette, du voile du palais, des amygdales; ailleurs de vastes ulcères de la gorge, occupant, dans un cas, tout le fond de la bouche et du pharynx, mesurant de 6 à 8 centimètres d'étendue dans tous les sens, à bords saillants, épais, à surface inégale, présentant un aspect jaunâtre semi-gélatineux; chez quelques malades des ulcères affectant à la fois la gorge et le larynx (ce qu'on peut induire de l'altération profonde ou de la perte complète de la voix); beaucoup plus rarement des ulcérations bornées à l'intérieur du larynx.

Dans les parties molles sous-cutanées : ici des tumeurs circonscrites, marronnées; là de vastes gonflements de tissus.

Sur le système osseux, des périostoses sous forme de tuméfactions rénitentes étendues, déformant les membres ; des exostoses caractérisées par des gonflements durs, circonscrits, sur le trajet des os ; des nécroses plus ou moins considérables du squelette.

Mais ce ne sont pas là les seules manifestations morbides du scherlievo : il faut y ajouter, selon le médecin de l'hôpital comme aussi d'après la description des auteurs qui ont écrit sur cette maladie, les plaques muqueuses, qui, chez les jeunes enfants, ont fréquemment leur siége sur les lèvres; « le gonflement des tonsilles, du voile palatin, de tout le pharynx, des narines postérieures, parties qui se couvrent ensuite d'un enduit blanchâtre (de Moulon, p. 27) ou de pustules bientôt converties en ulcères qui s'étendent, corrodent et détruisent tout l'intérieur de la bouche et le plus ordinairement la luette et les amygdales ; — l'extension de ces ulcères du palais à l'intérieur des narines, dont la membrane interne et les os sont détruits ainsi que le nez lui-même et d'où s'écoule une matière infecte comme dans l'ozène » (Cambieri, *loc. cit.*, p. 282). — « La tuméfaction des glandes sublinguales, de celles du cou, des aisselles, des aines et de la partie interne des cuisses. — L'éruption de stigmates ronds, couleur de cuivre rouge, surtout au front, au cuir chevelu, à l'anus, aux environs des parties génitales, à l'intérieur des cuisses, des jambes, des bras et sur le ventre; — des tubercules qui suppurent et se couvrent de larges croûtes, entourées d'une aréole rouge, de la base desquelles s'échappe une matière claire et jaunâtre et qui en se détachant laissent à nu des ulcères à bords relevés, à fond lardacé, qui envahissent quelquefois le visage tout entier, en détruisant les téguments et les muscles ; — la suppuration des glandes inguinales, des condylomes à l'anus, la carie des os du crâne et du nez (de Moulon et Cambieri). »

Ajoutez à ces manifestations matérielles des douleurs dans les os, plus fortes la nuit que le jour, l'absence de fièvre et la conservation de l'appétit et des forces dans les premiers temps de la maladie.

A considérer ce tableau fidèle des principales altérations qui caractérisent le scherlievo, on se demande quelle est cette maladie si singulière et si grave.

Est-ce une affection spéciale, *sui generis*, inconnue dans nos contrées et distincte de celles qui se présentent à notre observation journalière ? — Ou faut-il ne voir dans ces nombreux accidents morbides que des manifestations plus ou moins insolites d'une maladie bien connue ?

En embrassant d'un coup d'œil attentif les diverses altérations précitées, on est frappé de leur analogie avec la série des accidents propres à la syphilis ; cette impression est encore plus saisissante à l'aspect des malades eux-mêmes.

Aussi, plusieurs médecins, tant parmi ceux qui ont vu les faits que parmi ceux qui en ont sérieusement étudié la description, ont considéré le scherlievo comme une maladie de nature syphilitique dans son principe et ayant subi, avec le temps, des modifications qui en ont transformé les caractères.

Cependant, cette manière de voir n'est point celle de la plupart des médecins de Fiume, et le docteur Amédée de Moulon dit qu'après avoir lui-même partagé cette opinion, lorsqu'il fut chargé de traiter les scherliévitiques à l'hôpital de Trieste, il en a été désabusé quand, ayant eu à soigner des individus qui avaient les deux maladies, il vit disparaître la syphilis et rester le scherlievo.

De l'avis de ce médecin, le scherlievo serait une espèce morbide spéciale, de date plus ancienne qu'on ne le pense, endémico-sporadique, qui ne respecte aucun âge, une dyscrasie particulière, produit du climat, secondée par la manière d'être et de vivre des habitants, qui, pendant les trois ou quatre mois de la saison chaude, ne trouvent à boire qu'une eau bourbeuse et corrompue; qui se nourrissent de substances grossières, mal préparées, passant quelquefois des semaines sans prendre d'aliments chauds; couverts, l'été comme l'hiver, de vêtements de gros drap de laine qu'ils ne quittent que lorsqu'ils tombent en lambeaux, et n'ayant pour habitations que des cabanes de bois et de terre dont la seule issue, la porte, sert à la fois de fenêtre et de cheminée.

Pour démontrer que le scherlievo n'est pas la syphilis, M. le docteur de Moulon allègue que « dans le scherlievo les douleurs ostéocopes constituent le premier stade de la maladie et se font sentir des mois et des années avant l'apparition d'aucun ulcère, tandis que dans la syphilis ces douleurs ne se manifestent que lorsque la maladie a acquis son plus haut point d'intensité ». Que « dans le scherlievo, bien des malades sont affligés d'ulcères pendant plusieurs années et guérissent sans avoir jamais ressenti les douleurs ostéocopes, ce qui ne s'observe pas, dit-il, chez les vénériens ».

« Que les préparations mercurielles n'étaient pas toujours sans inconvénient dans le traitement du scherlievo, et que, dans plusieurs cas, elles étaient nuisibles. »

Il ajoute que, si le scherlievo était le produit de la syphilis transformée, on se demandera pourquoi il est devenu scherlievo dans le littoral de Fiume, et quelles causes ont été assez puissantes pour y opérer de telles transformations dans une période de trente à quarante ans, et pourquoi cette syphilis n'a pas suivi la même marche, subi les mêmes modifications dans les environs de Fiume que dans le reste de l'Europe.

Comme complément de sa doctrine, M. de Moulon ne considère pas le scherlievo comme contagieux et ne lui concède que très-accidentellement ce caractère.

Pour appuyer cette manière de voir, il signale « qu'à l'hôpital de Trieste on n'a jamais fait salle à part pour les scherliévitiques ; que, confondus avec les autres malades, ils ne leur ont jamais transmis leur affection, et qu'il est sans exemple que les infirmiers qui les ont soignés en aient jamais été atteints ; que des femmes scherliévitiques n'ont point communiqué la maladie à leur mari et que d'autres, dans le même état, ont conçu, enfanté et allaité des enfants sains et bien portants. »

Il ajoute que si le scherlievo était contagieux il ne serait point resté limité au territoire de Fiume ; « que les provinces voisines auraient été infailliblement envahies , que les villes en auraient été atteintes comme les campagnes, et qu'on n'aurait pas vu dans ces mêmes campagnes la maladie se ruer sur le pauvre et épargner le riche et presque toujours le cultivateur aisé ». Il se demande, enfin, si le scherlievo était contagieux et de nature syphilitique, «pourquoi, ayant commencé par les villages voisins de Fiume, il n'est pas venu se concentrer avec plus de force et de ténacité dans la ville, où il devait se rencontrer plus fréquemment avec le virus vénérien, et se retremper ainsi à sa première origine ?»

Pour nous, les arguments de M. de Moulon ne sont pas sans réplique, et, malgré l'autorité de plusieurs médecins qui pensent comme lui, il nous est impossible de ne pas voir entre les altérations du scherlievo et les accidents secondaires et tertiaires de la syphilis une telle analogie qu'on est presque forcément amené à en déduire une identité de nature.

Scherlievo et syphilis se rencontrent à tout âge. L'une et l'autre maladie se caractérisent par des modifications pathologiques très-nombreuses et très-variées ; en effet nous voyons, dans le scherlievo comme dans la syphilis constitutionnelle :

Les plaques blanchâtres au fond de la gorge, — le gonflement et l'ulcère des amygdales, — les plaques muqueuses, — la destruction du voile du palais, — l'ulcération des fosses nasales et l'ozène, — les taches cuivrées, les squames, les plaques crustacées de la peau, — la tuméfaction des ganglions lymphatiques, — les bubons suppurés, — les condylomes à l'anus, — les gommes, — les périostoses, — le gonflement des os, — la carie et la nécrose.

Et si, dans le scherlievo, les ulcères du nez, de la face, du tronc et des membres sont habituellement plus vastes que nous ne les voyons dans nos contrées, cela ne s'explique-t-il pas suffisamment par la condition misérable des populations du territoire de Fiume, chez qui la privation de tout secours médical laisse arriver la maladie à tout son développement et lui permet d'acquérir une puissance inusitée?

Puis les dissemblances signalées par M. de Moulon, entre les deux maladies, sont-elles en fait aussi réelles qu'il le suppose, et ont-elles véritablement la valeur qu'il leur attribue?

Assurément, dans la syphilis, les douleurs ostéocopes n'accompagnent pas le chancre initial ; mais elles précèdent souvent les ulcères à la gorge, les gommes, les exostoses et les syphilides crustacées; et si, comme le prétend le docteur de Moulon, ces douleurs se font sentir avant les manifestations apparentes du scherlievo, ne serait-ce point parce que les phénomènes primitifs du mal auraient passé inaperçus? — Un chancre limité à une petite surface doit, en effet, n'être qu'un fait de peu d'importance pour le malade, en comparaison des ravages considérables du scherlievo en plein développement.

Enfin si M. de Moulon peut citer des cas de scherlievo qui ont guéri sans avoir jamais été accompagnés de douleurs ostéocopes, on a vu disparaître de même des syphilis constitutionnelles qui n'ont jamais été compliquées de douleurs caractéristiques.

D'autre part, si les préparations mercurielles exaspèrent certains cas de scherlievo, n'en est-il pas encore de même dans la syphilis, et ne voyons-nous pas dans nos pays le mercure rester souvent insuffisant, et l'emploi intempestif de ce remède aggraver quelquefois les accidents morbides?

Au point de vue de la contagion, si l'accident primitif de

la syphilis est si facilement communicable, n'est-il pas re-
connu que les altérations subséquentes ne sont transmis-
sibles que dans des conditions déterminées : les infirmiers
de l'hôpital du Midi ne sont pas plus contaminés par la
syphilis que ceux de l'hôpital de Trieste ne l'ont été par le
scherlievo, et, comme pour les femmes scherliévitiques, on
voit des mères atteintes de certains accidents ultimes de la
syphilis accoucher d'enfants bien portants.

M. de Moulon dit lui-même que, « quand le scherlievo
atteint les enfants à la mamelle, il consiste ordinairement
dans l'exulcération de l'angle des lèvres, du pharynx et de la
partie interne des narines ». — N'est-ce pas encore là un fait
qui tend à démontrer à la fois et la contagion et l'identité
de nature entre le scherlievo et la syphilis? C'est en effet
à la bouche aussi que le nourrisson, dans nos contrées,
présente en général les accidents syphilitiques récents les
plus habituels.

Si le scherlievo est resté circonscrit dans un rayon res-
treint du territoire de Fiume, on s'en rend facilement compte
par le peu de déplacement de populations pauvres et sans
ressources ; et si le mal s'est moins répandu dans la ville et
n'a frappé que rarement les campagnards dans l'aisance,
cela ne s'explique-t-il pas aisément par cette considération
que chez les habitants de la ville et chez les cultivateurs
riches, la proximité des secours de l'art et la possibilité d'y
recourir dans une large mesure ont permis de combattre
promptement le mal et de l'étouffer dans son origine ?

Enfin n'est-il pas plus difficile de concevoir le développement de toutes pièces, au milieu des populations pauvres et
malheureuses de l'Illyrie, d'une maladie inconnue dans tant
d'autres localités dont les habitants sont également misé-
rables, que de voir, dans le scherlievo, une modification de
la syphilis aggravée chez les malheureux paysans d'une
contrée inculte et stérile, par le manque de tous secours
médicaux et de toutes les ressources de l'hygiène la plus
indispensable.

Si ces considérations paraissaient insuffisantes pour la démonstration de l'identité de nature du scherlievo et de la syphilis; nous ajouterions que, lors de notre visite à l'hôpital de Porto-Ré, nous y avons rencontré un jeune médecin de Vienne, envoyé pour étudier le scherlievo, lequel a fait sur plusieurs malades des inoculations avec le pus virulent d'un chancre primitif, et que, sur une vingtaine de piqûres suivies de pustules, celles-ci sont toutes restées locales, sans induration de tissus, ni ulcération phagédénique. N'est-ce pas là la preuve expérimentale que le scherlievo est une véritable syphilis et que le scherliévitique a, comme le syphilitique, subi cette modification organique intime qui fait qu'après avoir passé une première fois par les phases successives de la maladie virulente, il n'est plus apte à les reproduire de nouveau?

Pour terminer, nous nous croyons autorisé, tant par nos observations directes et les planches coloriées d'après nature qui sont en notre possession, que par la description des auteurs, à conclure que le scherlievo est une forme de syphilis, se transmettant et par voie héréditaire (1) et par contagion des accidents primitifs et secondaires, dont le virus pénètre par des voies diverses et multiples chez des populations vivant dans de pauvres cabanes où, d'après les expressions de M. de Moulon, hommes, femmes et enfants vivent et couchent pêle-mêle sur un lit de feuilles sèches ; syphilis modifiée et aggravée dans ses altérations par l'incurie opposée aux premières manifestations du mal et qui, par l'absence de tout traitement opportun, acquiert son plus haut développement, au point de reproduire dans des localités circonscrites la syphilis telle qu'elle apparut à son origine en Europe ; et nous pensons que, pour le scherlievo, comme pour la syphilis constitutionnelle, la médication la plus rationnelle et la plus

______

(1) Je tiens du médecin de Porto-Ré que l'on voit quelquefois, dans une famille deux enfants sains tandis que le scherlievo en affecte deux autres *nés après* que la maladie s'est développée chez les parents.

efficace consiste dans l'emploi successif et sagement coor-
donné des préparations mercurielles et de l'iodure de potas-
sium.

AUTEURS QUI ONT ÉCRIT SUR LE SCHERLIEVO.

Cambieri, *Storia della malattia di scherlievo*, 1800.

Bagneris, d'après Rollet.

Massich, *ibid.*

Hendler, *ibid.*

Franck, *ibid.*

Eyrel, *ibid.*

Boué de Roquancourt, *Essai sur la maladie du scherlievo*. Paris, 1814.

Lorenzutti, *Specimen inaugurale med. de peculari quadam syphilidis forma nomine morbi di scherlievo*. Padoue.

Michahelles, *Das malo di scherlievo*. Nuremberg, 1833.

De Moulon, *Nouvelles observations sur la nature et le traitement du scherlievo des environs de Fiume*. Milan, 1834.

Sigmund, d'après Rollet, 1855.

Giacich, *ibid.*, 1862.

Rollet, *Recherches sur plusieurs maladies de la peau réputées rares ou exotiques*, dans *Archiv. gén. de méd.*, 1861 et *Traité des maladies vénériennes*. Paris, 1866.

Paris. — Imprimerie de E. MARTINET, rue Mignon, 2.